장자

은혜를 갚지 마세요,
어머니

은혜를 갚지 마세요,
어머니

어머니, 가지 마세요. 저희는 두려워요. 아직도 저는
착지를 잘 못해요. 비 오는 날 날갯짓도 힘들고요.
그나마 저희들 중에 제일 몸집이 큰 제가 이래요.
어머니, 저는 구렁이 여인이 왜 선비에게 그런 이상한
말을 던졌는지 알아요. 구렁이 여인은 오랫동안 도를
닦았고, 용이 되어 승천하기 직전의 상태잖아요.
어머니와 제가 몰래 숨어서 그 상황을 지켜보고
있다는 걸 당연히 알고 있었어요.
구렁이 여인이 정말 참을 수 없을 정도로 분노했다면,

이것저것 따지지 않고 선비의 몸을 죽을 때까지 졸랐겠지요. 이상한 내기 따위도 하지 않고요. 하지만 구렁이 여인은 "산꼭대기에 있는 절의 종이 세 번 울리면 너를 살려주마" 하고 말했어요.

 헛된 희망을 품고 천천히 좌절하면서 괴로워하는 선비의 얼굴을 보고 싶어서 그랬던 걸까요? 그렇다면 왜 석방의 조건이 하필 '산꼭대기에 있는 절의 종이 세 번 울리는 것'일까요? 동이 트기 전까지 한 글자도 겹치지 않게 천 자의 시를 지으라든가, 자신의 진짜 이름을 알아맞히게 했다면 선비가 훨씬 더 쩔쩔맸을 텐데요. 아예 답이 없는 수수께끼를 풀게 했다면 확실하게 죽음을 선사하면서도 죽기 전까지 같은 고통을 줄 수 있었을 텐데요.

"산꼭대기에 있는 절의 종이 세 번 울리면 너를 살려주마"

선비 입장에서는 뜬금없고, 공정하지도 않죠. 그건 선비더러 한 말이 아니었어요. 저희를 향해 한 말이었어요.

구렁이 여인의 남편인 구렁이 사내가 저희 둥지를
덮칠 때, 어머니는 온 사방을 향해 울부짖으셨지요.
어머니의 자식들이 죽어가고 있다고, 도와달라고,
너무 아프다고. 그때 어머니는 인간의 말을 쓰지
않으셨어요. 은혜를 갚겠다는 약속 같은 말도
하지 않으셨어요. 은혜라는 단어 자체가 너무……
인간들이 쓰는 말이잖아요. 인간들이나 그런 식으로
서로에게 빚을 지우죠.
심지어 선비조차 저희들이 그에게 뭔가를 갚아야
한다는 생각은 하지 않을 거예요. 선비는, 그냥 그
순간에 얄팍한 동정심에 취해서 활을 쏘았어요.
구렁이 여인이 선비에게 한 말이 옳아요. 구렁이
여인은 이렇게 말했죠.
"너희들은 여태껏 수없이 많은 동물을 죽여
끼닛거리로 삼지 않았느냐? 먹이를 구하지 못하면
굶어 죽어야 하는 처지는 우리도 마찬가지 아니더냐?
차라리 네가 배가 고파서, 내 남편의 살을 원해서
그이를 죽인 거라면 이해하겠다! 왜 먹지도 않을

거면서 우리를 활로 쏜단 말이냐? 그 이유는
고작 우리 생김새가 네 눈에 안 좋아 보인다는 것
아니었느냐?"
선비가 구렁이 사내의 사냥에 간섭하지 말아야 했다,
저희들 중 하나가 구렁이 사내의 먹이가 되어야
했다는 말은 차마 못하겠어요. 하지만 이 말은 할 수
있어요.

은혜를 갚지 마세요, 어머니.
구렁이 여인도, 어머니도, 저희도, 인간의 언어에
오염이 되어버렸어요. 구렁이 여인은 도를 닦느라
사람의 말을 배웠지요. 어머니와 저희들은 절 근처에
살면서 어느 순간 인간의 말을 하는 법은 몰라도,
듣는 법을 깨쳤고요. 구렁이 여인도 저희가 인간의
말을 이해한다는 사실을 알고 있지요. 저희는 인간의
언어를 익히는 동안 은혜라든가, 인륜이라든가, 염치
같은 개념에 사로잡히고 말았어요.
저희는 은혜를 모르는 동물이에요.

어머니가 만약 '인간의 윤리'를 지키려 저 산에
올라가 머리로 종을 박는다면, 그 일을 세 번이나
한다면, 어머니는 큰 고통 속에 돌아가실 거예요.
그리고 어머니가 돌보아주시지 않으면 저희들은
틀림없이 죽어요. 인간인 선비가 동물들의 세계에
개입하는 바람에, 그리고 어머니가 동물 세계의
법칙이 아닌 다른 세계의 윤리를 따르려 하는 바람에,
저희 가족이 몰살당하는 거죠. 누구의 배도 불리지
못하면서요. 그게 구렁이 여인이 노리는 바예요.
이런 말씀 드리기는 정말 괴롭지만 어쩌면 어머니는
종을 세 번 울리지 못하고 돌아가실지도 몰라요.
그러면 선비도 죽고, 저희 가족도 죽어요. 선비의
죽음은 구렁이 여인의 진짜 목표는 아니지만, 선물은
되겠지요.
구렁이 여인이 용이 되면 이 일대의 수호신이
되겠지요. 아주 엄한 수호신이. 인간들에게는
동물 세계의 법칙에 간섭하지 말라고 경고하고,
동물들에게는 인간의 윤리 따위에 관심 기울이지

말라고 명령하는. 저희 가족은 어쩌면 새 용신이
내세울 본보기가 될 수도 있겠지요.
아, 어머니, 그런데도 기어이 저 산으로 가시려는
건가요? 저희들이 죽을 걸 뻔히 알면서 정말로요?
한 번만, 한 번만 더 생각해주시지 않겠어요?